猛虎集

徐志摩著

序文

在詩集子前面說話不是一件容易討好的事。說得近於誇張了自己面上說不過去，過分謙恭又似乎對不起讀者。最甘脆的辦法是什麼話也不提，好歹讓詩篇它們自身去承當。但書店不肯同意；他們說如其作者不來幾句序言書店做廣告就無從着筆。作者對於生意是完全外行，但他至少也知道書賣得好不僅是書店有利益；他自己的版稅也跟著像樣，所以書店的意思，她是不能不尊敬的。事實上我已經費了三個晚上，想寫一篇可以幫助廣告的序。可是不相干，一行行寫下來祇是仍舊給塗掉，稿紙糟蹋了不少張，詩集的序終究還是寫不成。

況且寫詩人一提起寫詩他就不由得傷心。世界上再沒有比寫詩更慘的事；不但慘，而且寒傖。就說一件事，我是天生不長髭鬚的，但為了一些破爛的句子，就我也不知曾經撚斷了多少根想像的長鬚！

這姑且不去說它。我記得我印第二集詩的時候曾經表示過此後不再寫詩一類的話。現在如何又來了一集，雖則轉眼間四個年頭已經過去。就算這些詩全是這四年內寫的，（實在有幾首要早到十三年份）每年平均也只得十首，一個月還派不到一首，況且又多是短短一橛的。詩固然不能論長短，如同 Whistler 說畫幅是不能用田畝來丈量的。但事實是咱們這年頭一口氣總是透不長——詩永遠是小詩，戲永遠是獨幕，小說永遠是短篇。每回我望到莎士比亞的戲，丹丁的神曲，歌德的浮士德一類作品比方說，我就不由的感到氣餒，覺得我們即使有一些聲音，那聲音是微細得隨時可以用一個小姆指給掐死的。天呀！那天我們才可以在創作裏看到使人起敬的東西？那天我們這些細桑子才可以豁免混充大花臉的急漲的苦惱？

說到我自己的寫詩，那是再沒有更意外的事了。我查過我的家譜，從永樂以來我們家裏沒有寫過一行可供傳誦的詩句。在二十四歲以前我對於詩的興味遠不如我對於相對論或民約論的興味。我父親送我出洋留學是要我將來進『金融界』的，我自己最高的野心是想做一個中國的 Hamilton！在二十四歲以前，詩，不論新舊，於我是完全沒有相干。我這樣一個人如果真會成功一個詩人——那還有什麼話說？

但生命的把戲是不可思議的！我們都是受支配的善

良的生靈，那件事我們作得了主？整十年前我吹着了一陣奇異的風，也許照著了什麼奇異的月色，從此起我的思想就傾向於分行的抒寫。一份深刻的憂鬱佔定了我；這憂鬱，我信，竟於漸漸的潛化了我的氣質。

話雖如此，我的塵俗的成分並沒有甘心退讓過；詩靈的稀小的翅膀，儘他們在那裏騰撲，還是沒有力量帶了這整份的累墜往天外飛的。且不說詩化生活一類的理想那是談何容易實現，就說平常在實際生活的壓迫中偶爾挣出八行十二行的詩句都是夠艱難的。尤其是最近幾年，有時候自己想着了都害怕：日子悠悠的過去內心竟可以一無消息，不透一點亮，不見絲紋的動。我常常疑心這一次是眞的乾了完了的。如同契玦臘的一身美是問神道通融得來限定日子要交還的，我也時常疑慮到我這些寫詩的日子也是什麽神道因爲憐憫我的愚蠢暫時借給我享用的非分的奢侈。我希望他們可憐一個人可憐到底！

一眨眼十年已經過去。詩雖則連續的寫，自信還是薄弱到極點。「寫是這樣寫下了，」我常自己想，「但準知道這就能算是詩嗎？」就經驗說，從一點意思的晃動到一篇詩的完成，這中間幾字沒有一次不經過唐僧取經似的苦難的。詩不僅是一種分娩，它拌且往往是難產！這份甘苦是只有當事人自己知道。一個詩人，到了修養極高的境界，如同泰谷爾先生比方說，也許可以一張口就有精圓的珠子吐出來，這事實上我親眼見過來的不打謊，但像我這樣既無天才又少修養的人如何說得上？

只有一個時期我的詩情眞有些像是山洪暴發，不分方向的亂冲。那就是我最早寫詩那半年，生命受了一種偉大力量的震撼，什麼半成熟的未成熟的意念都在指顧間散作繽紛的花雨。我那時是絕無依傍，也不知顧慮，心頭有什麼鬱積，就付託腕底胡亂給爬梳了去，救命似的迫切，那還顧得了什麼美醜！我在短時期內寫了很多，但幾乎全部都是見不得人面的。這是一個教訓。

我的第一集詩——志摩的詩——是我十一年回國後兩年內寫的;在這集子裏初期的洶湧性雖已消滅,但大部分還是情感的無關闌的泛濫,什麼詩的藝術或技巧都談不到。這問題一直要到民國十五年我和一多今甫一羣朋友在晨報副鐫刊行詩刊時方才開始討論到。一多不僅是詩人,他也是最有興味探討詩的理論和藝術的一個人。我想這五六年來我們幾個寫詩的朋友多少都受到「死水」的作者的影響。我的筆本來是最不受覊勒的一匹野馬,看到了一多的謹嚴的作品我方才憬悟到我自己的野性；但我素性的落拓始終不容我追隨一多他們在詩的理論方面下過任何細密的工夫。

我的第二集詩——翡冷翠的一夜——可以說是我的生活上的又一個較大的波折的留痕。我把詩稿送給一多看，他回信說『這比「志摩的詩」確乎是進步了——一個絕大的進步。』他的好話我是最願意聽的，但我在詩的「技巧」方面還是那楞生生的絲毫沒有把握。

最近這幾年生活不僅是極平凡，簡直是到了枯窘的深處。跟着詩的產量也儘『向瘦小裏耗。』要不是去年在中大認識了夢家和瑋德兩箇年青的詩人，他們對於詩的熱情在無形中又鼓動了我奄奄的詩心，第二次又印『詩刊，』我對於詩的興味，我信，竟可以銷沈到幾於完全沒有。今年在六個月內在上海與北京間來回奔波了八次，遭了母喪，又有別的不少煩心的事，人是疲乏極了的，但繼續的行動與北京的風光却又在無意中搖活了我久蟄的性靈。抬起頭居然又見到天了。眼睛睜開了心也跟着開始了跳動。嫩芽的青紫，勞苦社會的光與影，悲歡的圖案，一切的動，一切的靜，重復在我的眼前展開，有聲色與有情感的世界重復爲我存在；這彷彿是爲了要挽救一個曾經有單純信仰的流入懷疑的頹廢，那在帷幙中隱藏着的神通又在那裏栩栩的生動；顯示它的博大與精微，要他認淸方向，再別錯走了路。

我希望這是我的一個眞的復活的機會。說也奇怪，一方面雖則明知這些偶爾寫下的詩句，盡是些『破破爛爛』的，萬談不到什麼久長的生命，但在作者自己，總覺得寫得成詩不是一件壞事，這至少證明一點性靈還在那裏掙扎，還有它的一口氣。我這次印行這第三集詩沒有別的話說，我只要籍此告慰我的朋友，讓他們知道我還有一口氣，還想在實際生活的重重壓迫下透出一些聲響來的。

你們不能更多的責備。我覺得我已是滿頭的血水，能不低頭已算是好的。你們也不用提醒我這是什麼日子；不用告訴我這遍地的災荒，與現有的以及在隱伏中的更大的變亂，不用向我說正今天就有千萬人在大水裏和身子浸着，或是有千千萬人在極度的飢餓中叫救命；也不用勸告我說幾行有韻或無韻的詩句是救不活半條人命的；更不用指點我說我的思想是落伍或是我的韻腳是根據不合時宜的意識形態的……這些，還有別的狠多，我知道，我全知道；你們一說到只是叫我難受又難受。我再沒有別的話說，我只要你們記得有一種天教歌唱的鳥不到嘔血不住口，它的歌裏有它獨自知道的別一個世界的愉快，也有它獨自知道的悲哀與傷痛的鮮明；詩人也是一種癡鳥，他把他的柔軟的心窩緊抵着薔薇的花刺，口裏不住的唱着星月的光輝與人類的希望，非到他的心血滴出來把白花染成大紅他不住口。他的痛苦與快樂是渾成的一片。

目錄

歌
誄詞
枉然
生活
殘春
殘破
活該
卑微
我不知道風——
哈代

哈代八十六誕日自述

對月

一個星期

死屍

獻詞

那天你翩翩的在空際雲遊，
自在，輕你，本不想停留
在天的那方或地的那角，
你的愉快是無闌阻的逍遙。

你更不經意在卑微的地面
有一流澗水，雖則你的明艷

在過路時點染了他的空靈，
使他驚醒，將你的倩影抱緊。

他抱緊的只是緜密的憂愁，
因爲美不能在風光中靜止；
他要，你已飛度萬重的山頭，
去更闊大的湖海投射影子！

他在爲你消瘦，那一流澗水，
在無能的盼望，盼望你飛回！

我等候你

我等候你。
我望着戶外的昏黃
如同望着將來，
我的心震盲了我的聽。
你怎還不來？希望
在每一秒鐘上允許開花。
我守候着你的步履，

你的笑語，你的臉，
你的柔軟的髮絲，
守候着你的一切；
希望在每一秒鐘上
枯死——你在那裏？
我要你，要得我心裏生痛，
我要你的火燄似的笑，
要你的靈活的腰身，
你的髮上眼角的飛星；
我陷落在迷醉的氛圍中，

像一座島，
在蟒綠的海濤間，不自主的在浮沈……
喔，我迫切的想望
你的來臨，想望
那一朶神奇的優曇
開上時間的頂尖！
你爲什麽不來，忍心的？
你明知道，我知道你知道，
你這不來於我是致命的一擊，
打死我生命中乍放的陽春，

教堅實如礦裏的鐵的黑暗，
壓迫我的思想與呼吸；
打死可憐的希冀的嫩芽，
把我，囚犯似的，交付給
妬與愁苦，生的羞慚
與絕望的慘酷。
這也許是癡。竟許是癡。
我信我確然是癡；
但我不能轉撥一支已然定向的舵，
萬方的風息都不容許我猶豫——

我不能回頭，運命驅策著我！
我也知道這多半是走向
毀滅的路；但
爲了你，爲了你
我什麼也都甘願；
這不僅我的熱情，
我的僅有的理性亦如此說。
癡！想礫碎一個生命的纖微
爲要感動一箇女人的心！
想博得的，能博得的，至多是

她的一滴淚，
她的一陣心酸，
竟許一半聲漠然的冷笑；
但我也甘願，即使
我粉身的消息傳到
她的心裏如同傳給
一塊頑石，她把我看作
一隻地穴裏的鼠，一條蟲，
我還是甘願！
癡到了真，是無條件的，

上帝他也無法調回一個
癡定了的心如同一個將軍
有時調回已上死線的士兵。
枉然，一切都是枉然，
你的不來是不容否認的實在，
雖則我心裏燒着潑旺的火，
饑渴著你的一切，
你的髮，你的笑，你的手脚；
任何的癡想與祈禱
不能縮短一小寸

你我間的距離!
戶外的昏黃已然
凝聚成夜的烏黑,
樹枝上掛着冰雪,
鳥雀們典去了它們的啁啾,
沈默是這一致穿孝的宇宙。
鐘上的針不斷的比着
玄妙的手勢,像是指點,
像是同情,像是嘲諷,
每一次到點的打動,我聽來是

我自己的心的
活埋的丧钟。

春的投生

昨晚上，
再前一晚也是的，
在雷雨的猖狂中
春
　投生入殘冬的屍體。
不覺得脚下的鬆軟，

耳鬢間的温馴嗎？
樹枝上浮着青，
潭裏的水漾成無限的纏綿；
再有你我肢體上
胸膛間的異樣的跳動；

桃花早已開上你的臉，
我在更敏銳的消受
你的媚，吞咽
你的連珠的笑；

你不覺得我的手臂
更迫切的要求你的腰身，
我的呼吸投射到你的身上
如同萬千的飛螢投向光燄？

這些，還有別的許多說不盡的，
和着鳥雀們的熱情的迴盪，
都在手攜手的讚美着
春的投生。

二月二十八日

拜獻

山，我不讚美你的壯健，
海，我不歌詠你的闊大，
風波，我不頌揚你威力的無邊；
但那在雪地裏掙扎的小草花，
路旁冥盲中無告的孤寡，
燒死在沙漠裏想歸去的雛燕，——
給他們，給宇宙間一切無名的不幸，

我拜獻，拜獻我胸脅間的熱，
管裏的血，靈性裏的光明；
我的詩歌——在歌聲嘹亮的一俄頃，
天外的雲彩爲你們織造快樂，
　起一座虹橋，
　指點着永恆的逍遙，
在嘹亮的歌聲裏消納了無窮的苦厄！

渺小

我仰望羣山的蒼老，
他們不說一句話。
陽光描出我的渺小，
小草在我的脚下。

我一人停步在路隅，
傾聽空谷的松籟；

青天裏有白雲盤踞——

轉眼間忽又不在。

闊的海

闊的海空的天我不需要，
我也不想放一隻巨大的紙鷂
上天去捉弄四面八方的風；
　我祗要一分鐘
　我祗要一點光
　我祗要一條縫，——
像一個小孩爬伏

在一間暗屋的窗前
望着西天邊不死的一條
縫，一點
光，一分
鐘。

猛虎(The Tiger by William Blake)

猛虎，猛虎，火燄似的燒紅
在深夜的莽叢，
何等神明的巨眼或是手
能擘畫你的駭人的雄厚？

在何等遙遠的海底還是天頂
燒着你眼火的純晶？

跨什麼翅膀他胆敢飛騰?
憑什麼手敢擒住那威棱?

是何等肩腕，是何等神通，
能雕鏤你的藏府的系統?
等到你的心開始了活跳，
何等震驚的手，何等震驚的脚?

椎的是什麼鎚?使的什麼練?
在什麼洪爐裏熬煉你的腦液?

什麼砧座，什麼駭異的拏把，
胆敢它的凶惡的驚怕擒抓？

當羣星放射它們的金芒，
滿天上泛濫着它們的淚光，
見到他的工程，他露不露笑容？
造你的不就是那造小羊的神工？

猛虎，猛虎，火燄似的燒紅
在深夜的莽叢，

何等神明的巨眼或是手
胆敢擘畫你的驚人的雄厚？

五月一日

「他眼裏有你」

我攀登了萬仞的高岡，
荊棘扎爛了我的衣裳，
我向飄渺的雲天外望——
　上帝，我望不見你！

我向堅厚的地殼裏掏，
搗毀了蛇龍們的老巢，

在無底的深潭裏我叫——
上帝，我聽不到你！

我在道旁見一個小孩：
活潑，秀麗，襤褸的衣衫；
他叫聲媽，眼裏亮着愛——
上帝，祂眼裏有你！

十一月二日星家坡

在不知名的道旁（印度）

什麽無名的苦痛，悲悼的新鮮，
什麽壓迫，什麽寃曲，什麽燒燙
你體膚的傷，婦人，使你蒙着臉
在這昏夜，在這不知名的道旁，
任憑過往人停步，訝異的看你，
你衹是不作聲，黑綠綠的坐地？

還有蹲在你身旁悚動的一堆，
一雙小黑眼閃盪着異樣的光，
像暗雲天偶露的星晞，她是誰？
疑懼在她臉上，可憐的小羔羊，
她怎知道人生的嚴重，夜的黑，
她怎能明白運命的無情，慘刻？

聚了，又散了，過往人們的訝異。
剎那的同情也許；但他們不能
爲你停留，婦人，你與你的兒女；

伴着你的孤單，祇昏夜的陰沈，
與黑暗裏的螢光，飛來你身旁，
來照亮那小黑眼閃盪的星芒！

車上

這一車上有各等的年歲，各色的人：
有出鬚的，有奶孩，有青年，有商，有兵；
也各有各的姿態：傍着的，躺着的，
張眼的，閉眼的，向窗外黑暗望着的。

車輪在鐵軌上輾出重複的繁響，
天上沒有星點，一路不見一些燈亮；

只有車燈的幽輝照出旅客們的臉，
他們老的少的，一致聲訴旅程的疲倦。

這時候忽然從最幽闇的一角發出
歌聲：像是山泉，像是曉鳥，蜜甜，清越，
又像是荒漠裏點起了通天的明燎，
它那正直的金餤投射到遙遠的山坳。

她是一個小孩，歡欣搖開了她的歌喉；
在這冥盲的旅程上，在這昏黃時候，

像是奔發的山泉，像是狂歡的曉鳥，
她唱，直唱得一車上滿是音樂的幽妙。

旅客們一箇又一箇的表示着驚異，
漸漸每一個臉上來了有光輝的驚喜；
買賣的，軍差的，老輩，少年，都是一樣，
那喫奶的嬰兒，也把它的小眼開張。

她唱，直唱得旅途上到處點上光亮，
層雲裏翻出玲瓏的月和斗大的星，

花朵，燈綵似的，在枝頭競賽着新樣，
那細弱的草根也在搖曳輕快的青螢！

車眺

一

我不能不讚美
這向晚的五月天；
懷抱着雲和樹
那些玲瓏的水田。

二

白雲穿掠着晴空，

像仙島上的白燕！
晚霞正照着它們，
白羽鑲上了金邊。

三

背着輕快的晚涼，
牛，放了工，獃着做夢；
孩童們在一邊蹲；
想上牛背，美，逞英雄！

四

在縣密的樹蔭下，

有流水，有白石的橋，
橋洞下早來了黑夜，
流水裏有星在閃耀。

五

綠是豆畦，陰是桑樹林，
幽鬱是溪水傍的草叢，
靜是這黃昏時的田景，
但你聽，草蟲們的飛動！

六

月亮在昏黃裏上粧

太陽心慌的向天邊跑；
他怕見她，他怕她見，——
怕她見笑一臉的紅糟！

再別康橋

輕輕的我走了，
正如我輕輕的來；
我輕輕的招手，
作別西天的雲彩。

那河畔的金柳，
是夕陽中的新娘；

波光裏的豔影，
在我的心頭蕩漾。

輭泥上的青荇，
油油的在水底招搖：
在康河的柔波裏，
我甘心做一條水草！

那榆蔭下的一潭，
不是清泉，是天上虹

揉碎在浮藻間，
沈澱着彩虹似的夢。

尋夢？撑一支長篙，
向青草更青處漫溯，
滿載一船星輝，
在星輝斑斕裏放歌。

但我不能放歌，
悄悄是别離的笙簫；

夏蟲也爲我沈默，
沈默是今晚的康橋！

悄悄的我走了，
正如我悄悄的來；
我揮一揮衣袖，
不帶走一片雲彩。

十一月六日中國海上

乾著急

朋友，這乾着急有什麼用，
喝酒玩吧，這槐樹下涼快；
看槐花直掉在你的盃中——
別嫌它：這也是一種的愛。

胡知了到天黑還在直叫
（她為我的心跳還不一樣？）

那紫金山頭有夕陽返照

（我心頭，不是夕陽，是惆悵！）

這天黑得草木全變了形

（天黑可蓋不了我的心焦；）

又是一天，天上點滿了銀

（又是一天，眞是，這怎麼好！）

秀山公園八月二十七日

俘虜頌

我說朋友，你見了沒有，那俘虜：
拚了命也不知爲誰，
提着殺人的凶器，
帶着殺人的惡計，
趁天沒有亮，堵着嘴，
望長江的濃霧裏悄悄的飛渡；

趁太陽還在崇明島外打盹，
滿江心祇是一片陰，
破着襤褸的江水，
不提防寃死的鬼，
爬在時間背上討命，
挨着這一船船替死來的接吻；
他們摸着了岸就比到了天堂：
顧不得險，顧不得潮，
一聳身就落了地

（夢裏的青蛙驚起，）
踹爛了六朝的青草，
燕子磯的嶙峋都變成了康莊！
幹什麽來了，這「大無畏」的精神？
算是好男子不怕死？——
爲一個人的荒唐，
爲幾元錢的獎賞，
闖進了魔鬼的圈子，
供獻了身體，在烏龍山下變糞？

看他們今兒個做俘虜的光榮！

身上臉上全掛着彩，

眉眼糊成了玫瑰，

口鼻裂成了山水，

腦袋頂着朵大牡丹，

在夫子廟前，在秦淮河邊尋夢！

九月四日

此詩原投現代評論，刊出後編輯先生來信，說他擅主割去了末了一段，因爲有了那一段詩意即成了「反革命，」翦了那一段則是「絕妙的一首革命詩，」因而爲報也爲作者，他决意割去了那條不革命的尾巴！我原稿就只那一份，割去那一段我也記不起，重做也不願意，要删又有朋友不讓，所以就讓它照這「殘樣」站着吧。

志摩

秋蟲

秋蟲，你爲什麽來？人間
早不是舊時候的清閒；
這青草，這白露，也是獃：
再也沒有用，這些詩材！
黃金才是人們的新寵，
她佔了白天，又霸佔夢！
愛情：像白天裏的星星，

她早就迴避，早沒了影。
天黑它們也不得回來，
半空裏永遠有烏雲蓋。
還有廉恥也告了長假，
他躱在沙漠地裏住家；
花儘着開可結不成果，
思想被主義姦汚得苦！
你別說這日子過得悶，
晦氣臉的還在後面跟！
這一半也是靈魂的懶，

他愛躲在園子裏種菜

『不管，』他說：『聽他往下醜——

變猪，變蛆，變蛤蟆，變狗……

過天太陽羞得遮了臉，

月亮殘闕了再不肯圓，

到那天人道眞滅了種，

我再來打——打革命的鐘！』

一九二七年秋

西窗

（一）

這西窗

這不知趣的西窗放進

四月天時下午三點鐘的陽光

一條條直的斜的羼躺在我的床上；

放進一團搗亂的風片

摟住了難免處女羞的花窗簾，
　呵她癢，腰灣裏，頸子上，
羞得她直颺在半空裏，刮破了臉；

放進下面走道上洗被單
襯衣大小毛巾的胰子味，
廚房裏飯焦魚腥蒜苗是腐乳的沁芳南，
還有弄堂裏的人聲比狗叫更顯得鬆脆，

（二）

當然不知趣也不止是這西窗，

但這西窗是夠頑皮的，
它何嘗不知道這是人們打中覺的好時光！
拿一件衣服，不，拿這條繡外國花的毛毯，
堵死了它，給悶死了它：
耶穌死了我們也好睡覺！
直著身子，不好，彎着來，
學一只賣弄風騷的大龍蝦，
在清淺的水灘上引誘水波的蕩意！
對呀，叫迷離的夢意像浪絲似的

爬上你的胡鬚，你的衣袖，你的呼吸……

你對着你脚上又新破了一個大窟窿的襪子發楞或是
忙着送玲巧的手指到神祕的胳支窩搔癢——可不是
搔癢的時候

你的思想不見會得長上那拿把不住的大翅膀：

謝謝天，這是煙士披里純來到的刹那間
因爲有窟窿的破襪是絕對的理性，
胳支窩裏虱類的癢是不可懷疑的實在。

（三）

香爐裏的煙，遠山上的霧，人的貪嗔和心機；
經絡裏的風濕，話裏的刺，笑臉上的毒，
誰說這宇宙這人生不夠富麗的？

你看那市場上的盤算，比那矗着大烟筒
走大洋海的船的肚子裏的機輪更來得複雜，
血管裏疙瘩着幾兩幾錢，幾錢幾兩，
腦子裏也不知那來這許多尖嘴的耗子爺？

還有那些比柱石更重實的大人們，他們也有他們的盤

算；

他們手指間夾着的雪茄雖則也冒着一捲捲成雲彩的

煙，

但更曲折，更奧妙，更像長蟲的翻戲，

是他們心裏的算計，怎樣到意大利喀辣辣礦山裏去搬

運一個大石座來站他一個

足夠與靈龜比賽的年歲，

何況還有波斯兵的長槍，匈奴的暗箭……

再有從上帝的創造裏單獨創造出來曾向農商部呈請
創造專利的文學先生們，這是個奇蹟的奇蹟，
正如狐狸精對着月光吞吐她的命珠，
他們也是在月光勾引潮汐時學得他們的職業秘密。
青年的血，尤其是滾沸過的心血，是可口的：——
他們借用普羅列塔里亞的瓢匙在彼此請呀請的舀着
喝。
他們將來銅像的地位一定望得見朱温張獻宗的。
繡着大紅花的俄羅斯毛毯方才拿來蒙住西窗的也不

知怎的滑溜了下來，不容做夢人繼續他的冒險，
但這些滑膩的夢意鑽軟了我的心
像春雨的細脚踹軟了道上的春泥。
西窗還是不襠着的好，雖則弄堂裏的人聲
有時比狗叫更顯得鬆脆。
這是誰說的：『拿手擦擦你的嘴，
這人間世在洪荒中不住的轉，
像老婦人在空地裏檢可以當柴燒的材料？』

怨得

怨得這相逢；
誰作的主？——風！

也就一半句話，
露水潤了枯芽。

黑暗—放一箭光；

飛蛾：他受了傷。

偶然，眞是的。

惆悵？喔何必！

倫敦旅次九月

深夜

深夜裏，街角上，
夢一般的鐙芒。

烟霧迷裹着樹！
怪得人錯走了路？

「你害苦了我——寃家！」

她哭，他——不答話。

曉風輕搖着樹尖：
掉了，早秋的紅艷。

倫敦旅次九月

季候

（一）

他倆初起的日子，
像春風吹着春花。
花對風說『我要，』
風不冋話：他給！

（二）

但春花早變了泥，

春風也不知去向。
她怨，說天時太冷；
『不久就凍冰，』他說，

杜鵑

杜鵑，多情的鳥，他終宵唱：
在夏蔭深處，仰望着流雲
飛蛾似圍繞亮月的明燈，
星光疎散如海濱的漁火，
甜美的夜在露湛裏休憩，
他唱，他唱一聲「割麥插禾」，——
農夫們在天放曉時驚起。

多情的鵑鳥，他終宵聲訴，
是怨，是慕，他心頭滿是愛，
滿是苦，化成纏綿的新歌，
柔情在靜夜的懷中顫動；
他唱，口滴著鮮血，斑斑的，
染紅露盈盈的草尖，晨光
輕搖着園林的迷夢；他叫，
他叫，他叫一聲「我愛哥哥！」

黃鸝

一掠顏色飛上了樹。
「看，一隻黃鸝！」有人說。
翹着尾尖，它不作聲，
艷異照亮了濃密——
像是春光，火燄，像是熱情。
等候它唱，我們靜著望，

怕驚了它。但它一展翅，
衝破濃密，化一朵彩雲；
它飛了，不見了，沒了——
像是春光，火燄，像是熱情。

秋月

一樣是月色，
今晚上的，因爲我們都在擡頭看——
看它，一輪腴滿的嫵媚，
從烏黑得如同暴徒一般的
雲堆裏昇起——
看得格外的亮，分外的圓。
它展開在道路上，

它飄閃在水面上，
它沈浸在
水草盤結得如同憂愁般的
水底；
它睥睨在古城的雉碟上，
萬千的城磚在它的淸亮中
呼吸，
它撫摩着
錯落在城廂外內的墓墟，
在宿鳥的斷續的呼聲裏，

想見新舊的鬼，
也和我們似的相依偎的站着，
眼珠放着光，
咀嚼着徹骨的陰涼：
銀色的纏綿的詩情
如同水面的星燐，
在露盈盈的空中飛舞。
聽那四野的吟聲——
永恆的卑微的諧和，
悲哀揉和着歡暢，

怨仇與恩愛，
晦冥交抱着火電，
在這奧絕的秋夜與秋野的
蒼茫中，
『解化』的偉大
在一切纖微的深處
展開了
嬰兒的微笑！

十月中

山中

庭院是一片靜，
聽市謠圍抱；
織成一地松影——
看當頭月好！

不知今夜山中
是何等光景；

想也有月，有松，
有更深的靜。

我想攀附月色，
化一陣清風，
吹醒羣松春醉，
去山中浮動；

吹下一針新碧，
掉在你窗前；

輕柔如同歎息——

不驚你安眠！

四月一日

兩箇月亮

我望見有兩箇月亮：
一般的樣，不同的相。

一箇這時正在天上，
披斂着雀毛的衣裳；
她不吝惜她的恩情，
滿地全是她的金銀。

她不忘故宮的琉璃，
三海間有她的清麗。
她跳出雲頭，跳上樹，
又躲進新綠的藤蘿。
她那樣玲瓏，那樣美，
水底的魚兒也得醉！
但她有一點子不好，
她老愛向瘦小裏耗；
有時滿天祇見星點，
沒了那迷人的圓臉，

雖則到時候照樣回來，
但這份相思有些難挨！

還有那箇你看不見，
雖則不提有多麽艶！
她也有她醉渦的笑，
還有轉動時的靈妙；
說慷慨她也從不讓人，
可惜你望不到我的園林！
可貴是她無邊的法力，

常把我靈波向高裏提：
我最愛那銀濤的洶湧，
浪花裏有音樂的銀鐘；
就那些馬尾似的白沫，
也比得珠寶經過雕琢。
一輪完美的明月，
又況是永不殘缺！
祇要我閉上這一雙眼，
她就婷婷的升上了天！

四月二日月圓深夜

給——

我記不得維也納，
除了你，阿麗思；
我想不起佛蘭克府，
除了你，桃樂斯；
尼司，佛洛倫司，巴黎，
也都沒有意味，
要不是你們的豔麗，——

玖思，麥蒂特，臘妹，
翩翩的，盈盈的，
孜孜的，婷婷的，
照亮著我記憶着幽黑，
像冬夜的明星，
像暑夜的遊螢，——
怎教我不傾頽！
怎教我不迷醉！

一塊晦色的路碑

脚步輕些，過路人！
休驚動那最可愛的靈魂，
如今安眠在這地下，
有絳色的野艸花掩護她的餘燼。

你且站定，在這無名的土阜邊，
任晚風吹弄你的衣襟；

倘如這片刻的靜定感動了你的悲憫，
讓你的淚珠圓圓的滴下——
爲這長眠著的美麗的靈魂！

過路人，假如你也曾
在這人間不平的道上顚頓，
讓你此時的感憤凝成最鋒利的悲憫，
在你的激震著的心葉上，
刺出一滴，兩滴的鮮血——
爲這遭寃曲的最純潔的靈魂！

歌

（冠列士丁娜·羅塞蒂）

我死了的時候，親愛的，
　別爲我唱悲傷的歌；
我墳上不必安插薔薇，
　也無須濃蔭的柏樹：
讓蓋着我的青青的草
　零著雨，也沾著露珠；
假如你願意，請記著我，

要是你甘心，忘了我，

我再不見地面的青蔭，
覺不到雨露的甜蜜；
再聽不見夜鶯的歌喉
在黑夜裏傾吐悲啼；
在悠久的昏暮中迷惘，
陽光不升起，也不消翳；
我也許，也許我記得你，
我也許，我也許忘記。

誄詞

（安諾得）

散上玫瑰花，散上玫瑰花，
休攙雜一小枝的水松！
在寂靜中她寂靜的解化；
阿！但願我亦永終。

她是個希有的歡欣，人間
曾經她喜笑的洗淨，

但倦了是她的心，倦了，可憐，
這回她安眠了，不再蘇醒。

在火熱與擾攘的迷陣中
旋轉，旋轉着她的一生；
但和平是她靈魂的想望，——
和平是她的了，如今。

局促在人間，她博大的神魂，
何曾享受呼吸的自由；

今夜，在這靜夜，她獨自的攀登
那死的插天的高樓。

枉然

你枉然用手鎖着我的手，
女人，用口禽住我的口，
枉然用鮮血注入我的心，
火燙的淚珠見證你的眞；

遲了！你再不能叫死的復活，
從灰土裏喚起原來的神奇：

縱然上帝憐念你的過錯，

他也不能拿愛再交給你！

生活

陰沈，黑暗，毒蛇似的蜿蜒，
生活逼成了一條甬道：
一度陷入，你祇可向前，
手捫索着冷壁的黏潮，

在妖魔的臟腑內掙扎，
頭頂不見一線的天光，

這魂魄，在恐怖的壓迫下，
除了消滅更有什麽願望？

五月二十九日

殘春

昨天我瓶子裏斜插著的桃花
是朵朵媚笑在美人的腮邊掛；
今兒它們全低了頭，全變了相：——
紅的白的屍體倒懸在青條上。

窗外的風雨報告殘春的運命，
喪鐘似的音響在黑夜裏叮嚀：

「你那生命的瓶子裏的鮮花也
變了樣：豔麗的屍體，誰給收殮？」

殘破

（一）

深深的在深夜裏坐著：
當窗有一團不圓的光亮，
風挾着灰土，在大街上
小巷裏奔跑：
我要在枯秃的筆尖上裊出
一種殘破的殘破的音調，

爲要抒寫我的殘破的思潮。

（二）

深深的在深夜裏坐着：
生尖角的夜涼在窗縫裏
　妬忌屋內殘餘的暖氣，
　　也不饒恕我的肢體：
但我要用我半乾的墨水描成
一些殘破的殘破的花樣，
因爲殘破，殘破是我的思想。

（三）

深深的在深夜裏坐着，
左右是一些醜怪的鬼影：
　焦枯的落魄的樹木
　　在冰冼冼的河沿叫喊，
　　比着絕望的姿勢，
正如我要在殘破的意識裏
重興起一箇殘破的天地。

（四）

深深的在深夜裏坐着，
閉上眼回望到過去的雲烟：

阿，她還是一枝冷豔的白蓮，
　斜靠著曉風，萬種的玲瓏；
但我不是陽光，也不是露水，
我有的只是些殘破的呼吸，
　如同封鎖在壁椽間的群鼠，
追逐著，追求著黑暗與虛無！

活該

活該你早不來！
熱情已變死灰。

提什麼已往？——
枯髏的燐光！

將來？——各走各的道，

長庚管不著「黃昏曉。」

愛是癡，恨也是傻；
誰點得清恆河的沙？

不論你夢有多麼圓，
周圍是黑暗沒有邊。

比是消散了的詩意，
趁早掩埋你的舊憶。

這苦臉也不用裝，
到頭兒總是個忘！

得！我就再親你一口：
熱熱的！去，再不許停留。

卑微

卑微，卑微，卑微；
風在吹
無抵抗的殘葦：

枯槁它的形容，
心已空，
音調如何吹弄？

它在向風祈禱：
「忍心好，
將我一拳椎倒；
「也是一宗解化——
本無家，
任飄泊到天涯！」

「我不知道風是在那一個方向吹」

我不知道風
是在那一個方向吹——
我是在夢中，
在夢的輕波裏依洄。

我不知道風

是在那一個方向吹——
我是在夢中，
她的温存，我的迷醉。

我不知道風
是在那一個方向吹——
我是在夢中，
甜美是夢裏的光輝。

我不知道風

是在那一個方向吹——
我是在夢中，
她的負心，我的傷悲。

我不知道風
是在那一個方向吹——
我是在夢中，
在夢的悲哀裏心碎！

我不知道風

是在那一個方向吹——
　我是在夢中，
黯淡是夢裏的光輝。

哈代

哈代，厭世的，不愛活的，
這回再不用怨言，
一個黑影蒙住他的眼？
去了，他再不漏臉。

八十八年不是容易過，
老頭活該他的受，

抗著一肩思想的重負，
早晚都不得放手。

爲什麼放著甜的不嘗，
暖和的座兒不坐，
偏挑那陰淒的調兒唱，
辣味兒辣得口破，

他是天生那老骨頭殭，
一對眼拖着看人，

他看著了誰誰就遭殃，
　你不用跟他講情！

他就愛把世界剖著瞧，
　是玫瑰也給拆壞；
他沒有那畫眉的纖巧，
　他有夜鴞的古怪！

古怪，他爭的就只一點——
一點『靈魂的自由』，

也不是成心跟誰翻臉，
認眞就得認個透。

他可不是沒有他的愛——
他愛眞誠，愛慈悲：
人生就說是一場夢幻，
也不能沒有安慰。

這日子你怪得他惆悵，
怪得他話裏有刺，

他說樂觀是『死屍臉上
抹著粉，搽著胭脂！』

這不是完全放棄希冀，
宇宙還得往下延，
但如果前途還有生機，
思想先不能隨便。

爲維護這思想的尊嚴，
詩人他不敢怠惰，

高擎著理想，睜大著眼，
　抉剔人生的錯誤。

現在他去了，再不說話。
（你聽這四野的靜，）
你愛忘了他就忘了他
（天弔明哲的凋零！）

舊歷元旦

哈代八十六歲誕日自述

好的，世界，你沒有騙我，
　你沒有寃我，
你說怎麼來是怎麼來，
你的信用倒眞是不壞。
打我是個孩子我常躺
在靑草地裏對着天望，
說實話我從不曾希冀

人生有多麽豔麗。

打頭兒你說，你常在說，
你說了又說，
你在那雲天裏，山林間，
散播你的神秘的語言：
「有多人愛我愛過了火，
有的態度始終是溫和，
也有老沒有把我瞧起，
到死還是那怪僻。

「我可從不曾過分應承，
　孩子；從不過分；
做人紅黑是這麼回事，」
你要我明白你的意思。
正虧你把話說在頭裏，
我不躊躇的信定了你，
要不然每年來的煩惱
　我怎麼支持得了？

對月（哈代）

「現在你是倦了老了的，不錯，月，
　但在你年青的時候，
你倒是看著了些個什麼花頭？」
「阿！我的眼福眞不小，有的事兒甜，
　有的莊嚴，也有叫人悲愁，
　黑夜，白天，看不完那些寒心事件，
在我年青青的時候。」

「你是那麼孤高那麼遠，眞是的，月，
　但在你年少的時光，
你倒是轉着些個怎麼樣的感想？」

「阿我的感想，那樣不叫我低着頭
　想，新鮮的變舊，少壯的亡，
　民族的與衰，人類的瘋顚與荒謬，
那樣不動我的感想？」

「你是遠離着我們這個世界，月，
　但你在天空裏轉動，

有什麽事兒打岔你自在的心胸？」

「阿，怎麽沒有，打岔的事兒當然有，
地面上異樣的徵角商宮，
說是人道的音樂，在半空裏飄浮，
打岔我自在的轉動。」

「你倒是乾脆發表一句總話，月，
你已然看透了這回事，
人生究竟是有還是沒有意思？」

「阿，一句總話，把它比作一台戲，

儘做怎不叫人煩死，
上帝他早該喝一聲「幕閉，」
我早就看膩了這囘事。」

一個星期（哈代）

星一那晚上我關上了我的門，
心想你滿不是我心裏的人，
此後見不見面都不關要緊。

到了星期二那晚上我又想到
你的思想；你的心腸，你的面貌，
到底不比得平常，有點兒妙。

星三那晚上我又想起了你，
想你我要合成一體總是不易，
就說機會又叫你我湊在一起。

星四中上我思想又換了樣；
我還是喜歡你，我倆正不妨
親近的住着，管它是短是長。

星五那天我感到一陣心震，

當我望着你住的那個鄉村,
說來你還是我親愛的,我自認,

到了星期六你充滿了我的思想,
整個的你在我的心裏發亮,
女性的美那樣不在你的身上?

像是隻順風的海鷗向着海飛,
到星期晚上我簡直的發了迷,
還做什麽人這輩子要沒有你!

死屍

"Une Charogne" by Charles Baudelaire
"Les Fleurs du Mal"

我愛，記得那一天好天氣
　你我在路旁見着那東西；
橫躺在亂石與蔓草裏，
　一具潰爛的屍體。

牠直開着腿，蕩婦似的放肆，
　泄漏着穢氣，沾惡腥的黏味，

它那糜潰的胸腹也無有遮蓋，
沒忌憚的淫穢。

火熱的陽光照臨着這腐潰，
化驗似的蒸發，煎煮，消毀，
解化着原來組成整體的成分
重向自然返歸。

青天微粲的俯看着這變態，
彷彿是眷注一莖向陽的朝卉；

那空氣裏却滿是穢息，難堪，
多虧你不會昏醉，

大羣的蠅蚋在爛肉間喧鬨，
醞釀着細蛆，黑水似的洶湧，

他們吞噬着生命的遺悅，
啊，報仇似的兇猛。

那蛆羣潮瀾似的起落，
無饜的飛蟲倉皇的爭奪：

轉像是無形中有生命的吹息，
巨量的微生滋育。

醜惡的屍體，從這繁生的世界，
彷彿有風與水似的異樂縱瀉。

又像是在風車旋動的和音中，
縠衣急雨似的四射。

眼前的萬象遲早不免消翳，
夢幻似的，只模糊的輪廓存遺，

有時在美術師的腕底，不期的，
　掩映着遼遠的回憶。

在那磐石的後背躲着一隻野狗，
　牠那火赤的眼睛向着你我守候，
牠也撕下了一塊爛肉，憤憤的，
　等我們過後來享受。

就是我愛，也不免一般的腐朽，
　這樣惡腥的傳染，誰能忍受——

你，我願望的明星！照我的光明！
這般的純潔，溫柔！

是呀，就你也難免，美麗的后，
等到那最後的祈禱爲你誦呪，
這美妙的丰姿也不免到泥草裏，
與陳死人共朽。

因此，我愛呀，吩咐那趦趄的蟲蠕，
他來親吻你的生命，吞噬你的體膚，

說我的心永遠葆着你的妙影，
卽使你的肉化羣蛆！

十三年十三月

一九三一年八月初版
——猛虎集——
精裝實價壹元
平裝實價七角
外埠酌加郵費
著作者　徐志摩
發行者　新月書店
上海四馬路
北平米市大街

图书在版编目（CIP）数据

猛虎集 / 徐志摩著. -- 天津：百花文艺出版社，2020.4（2024.1 重印）
（现代文学名著原版珍藏. 第三辑）
ISBN 978-7-5306-7825-1

Ⅰ. ①猛… Ⅱ. ①徐… Ⅲ. ①诗集-中国-现代
Ⅳ. ①I226

中国版本图书馆 CIP 数据核字(2020)第 062806 号

猛虎集
MENGHUJI
徐志摩 著

选题策划：唐冠群　　美术编辑：张振洪
责任编辑：胡晓童
出版发行：百花文艺出版社
地址：天津市和平区西康路 35 号　　邮编：300051
电话传真：+86-22-23332651（发行部）
+86-22-23332656（总编室）
+86-22-23332478（邮购部）
网址：http://www.baihuawenyi.com
印刷：宝蕾元仁浩（天津）印刷有限公司
开本：787×1092 毫米　1/32
字数：59 千字
印张：4.875
版次：2020 年 4 月第 1 版
印次：2024 年 1 月第 4 次印刷
定价：20.00元

如有印装质量问题，请与宝蕾元仁浩（天津）印刷有限公司联系调换
地址：北京朝阳区西坝河南路6号西座102室
电话：(010) 84498866 邮编：100028